JAG HETER JACOB
Taha Büyükavsar

.

**JAG KOMMER ALDRIG ATT SLUTA
ÄLSKA DIG.**

Jacob ligger och sover på soffan i sin lägenhet.

Det ligger tomma ölburkar, disk och kläder överallt.

Han väcks av att flickvännen kommer och stänger ytterdörren efter sig.

Han vaknar till av ljudet till att dörren slås igen.

Han går in i sovrummet och ser att Nathalie fyller en resväska med kläder.

- Vad gör du!? Frågar Jacob.

Hon släpper ner sina kläder och vänder sig om med en arg blick.

- Det räcker nu Jacob, jag kan inte leva med dig såhär. Du har inget jobb och inga pengar. Du varken diskar eller tvättar kläder. Du ligger bara hemma och dricker hela dagarna och är ständigt full. Jag kan tyvärr inte se en framtid tillsammans med dig så jag lämnar dig. Hejdå och lycka till med livet och jag hoppas att du rycker upp dig så snart som möjligt.

Hon säger sitt och sedan tar sin väska och går därifrån. Jacob har inget svar till henne utan han står bara still och ser ledsen ut. Han går tillbaka till sin soffa i vardagsrummet och sätter sig ner. Han får syn på en oöppnad ölburk på bordet som han öppnar upp och börjar dricka ifrån.

Efter några timmar så sitter han på en bar och dricker vidare. Han lider

av svår separationsångest och vet
inte hur han ska ta tag i sitt liv för att
komma vidare. Helt plötsligt kommer
en kille och sätter sig bredvid Jacob.
- Hejsan, ursäkta om jag stör dig men
du såg ut att behöva lite sällskap Mitt
namn är Jimmy, sa den okända
mannen.

De hälsade på varandra och fortsatte
dricka. Klockan närmade sig 03:00
och baren var på väg att stänga.
Jacob och Jimmy gick ut från baren,
de vinglande och var alldeles för
fulla. De var på gott humör. De två
individerna vinglade sig igenom
Stockholms stad och efter ett tag så
ramlade de ihop på grund av
berusningen. De låg kvar på rygg
och skrattade. De tittade upp mot
himlen.

Jacob berättade för Jimmy att han
mådde psykiskt dåligt och att det
blev ännu sämre när hans flickvän
lämnade honom tidigare under
dagen. Han fortsatte att förklara att

det var därför han var ute och drack
de stora mängderna. Jacob vred
huvudet mot Jimmy och frågade vad
hans problem var. Han undrade
varför han var ute och drack själv en
måndagskväll.

Jimmy tänkte till ett par sekunder och
ryckte sedan på axlarna, han
berättade att han kände sig ensam.
Han var bara ute efter lite sällskap.
Jacob vred tillbaka huvudet och
fortsatte att titta upp.
- Fan båda våra liv verkar grymt
tragiska, om du fick en önskan
Jimmy helt från ingenstans, vad
skulle det vara? Sa Jacob medan
han tittade mot himmelen
Jimmy tänkte efter ett par sekunder.
- Det skulle fan sitta bra mysigt att
vakna upp med en miljard kronor på
kontot, sa Jimmy med glimten i ögat.

Jacob tittade på Jimmy med ett glatt
ansikte och nickade.
- Vad skulle du önska dig? Frågade
Jimmy.

Jacob svarade snabbt, för han visste precis vad han ville.

- Jag skulle vilja vara onykter dygnet runt eftersom jag mår bäst av det, jag skulle även vilja vara hundra gånger starkare än hulken, sa Jacob.

Han ville vara så stark att han skulle kunna slänga en fullvuxen människa till en annan stad. Så stark att han skulle kunna kasta ett paket bindor och döda den personen som träffas av paketet.

Jacob fortsatte berätta att han ville vara lika odödlig som Wolverine, han vill kunna läka från all form av skada. Karaktärerna pratade vidare i sitt "fyllesnack" och somnade tillslut. De väcktes morgonen därpå av en gammal gumma som var ute och gick med sin hund. Hon passerade killarna och talade om att dem inte fick sova där. Jimmy fortsatte sova utan att lägga märke till någonting men Jacob gjorde det och vaknade till.

Han satte sig upp och räckte fram
handen för att hälsa på hunden.
Tanten drog hastigt bort hunden och
gick vidare. Jacob tittade på Jimmy
och klappade till honom lätt på
kinden, i hopp om att han skulle
vakna till men utan att lyckas.
Sedan gav han honom en lätt örfil
och då vaknade han till.
Jimmy visste inte vart han var och
vad som hände.
- Vart fan är vi och varför ligger vi på
marken? Frågade Jimmy.
- Vi hade en riktig jävla hård
krogrunda igår och det verkar som vi
har däckat här, svarade Jacob.
De ställde sig upp, ryckte upp sig
och gick sedan vidare.
Grabbarna var hungriga, dem
beslutade sig för att gå och äta. När
Jacob kollade på sitt bankkonto hade
han 0kr.
Han kollade hopplöst på Jimmy och
visade sitt saldo på telefonen till
honom.

Då i sin tur så drog Jimmy upp sin telefon för att kolla om han hade pengar och det visade sig att han hade EN MILJARD KRONOR på kontot. Jimmy stod och stirrade på sin telefon.

- Ja, hur mycket har du? Frågade Jacob.

Han fick inget svar, han ställde sig bredvid Jimmy och kollade på hans telefon.

Jimmy exploderar av glädje och skrek högt att han var rik. Han hoppade runt, dansade och sjöng.

- Hur fan gick det här till? Min önskan blev sann säger Jimmy.

Båda grabbarna var överlyckliga över situationen, de spenderade en hel dag ute på stan.

De åt fint, shoppade dyra kläder, fräschade upp sig hos barberaren och dylikt.

Grabbarna var upptagna med att Jimmys önskan hade slagit igenom, dem tänkte aldrig på Jacobs önskan.

Fast efter en stund när de tänkte
efter hade Jimmy nyktrat till men inte
Jacob.
Båda blev självklart nyfikna ifall
Jacobs önskan också hade slagit in
med att han ständigt skulle vara
onykter, superstark och odödlig.

De hade redan konstaterat att han
var onykter men dem ville testa hans
odödlighet.
De båda tänkte, funderade, kollade
höger och vänster.
De kom inte på någonting. De stod
vid ett övergångsställe, såg sig
omkring. De tittade på varandra och
log.

Jacob hoppade framför en bil som
körde i 50 km/t. Han skadades rejält.
Det sprutade väldigt mycket blod
överallt och nästan alla ben i
kroppen bryts.
Bilen tog även stor skada i fronten.
Jacob låg medvetslös, det samlades
en stor grupp människor runt
omkring.

9

Efter ett tag vaknade Jacob till, han började småskratta samtidigt som hans kropp läktes till 100%. Jacob skrattade samtidigt som han ställde sig upp och han sa att det kittlas som fan. Jimmy tittade på honom och var helt chockad över situationen. Chauffören steg ut ur bilen och gick fram till grabbarna. Han var i chock och kunde inte få fram ett ord. Han kollade på bilen, sedan på Jacob och han var chockad över hur han kan stå upp efter en sådan olycka. Jimmy såg sig omkring och märkte att allt fler människor började samlas runt omkring. Han tyckte att de borde dra vidare innan polis och dylikt skulle dyka upp.

Han tog tag i Jacob och ryckte med honom. Han sa att de borde dra innan polisen skulle komma. Jacob höll med och dem gick snabbt ifrån olycksplatsen.

Grabbarna gick en bit bort, Jacob verkade inte bry sig om vad som precis har hänt utan vinglade sig fram med blodiga och trasiga kläder. Jimmy fortsatte fascineras över den egenskap som hans kompis nu besatt.

Jimmy stannade till och tog tag i Jacobs arm.
- Hörru! Du önskade dig tre egenskaper ju. Onykterhet, odödlighet och även superstyrka. Vi måste få se din styrka, sa Jimmy. Sedan tittade han sig omkring och insåg att dem var mitt i Stockholm stad. De skulle dra till sig onödigt med mycket uppmärksamhet om de skulle börja "leka runt" där och då.
- Kom, vi går bort från stan, sa Jimmy och dem gick vidare.

De gick iväg långt bort från stan och befann sig i ett villaområde med väldigt få hus i sikte. Det var mestadels skog och grönska.

Jacob hade svårt att hänga med i
vad som händer
på grund av hans onykterhet.
Han kollar fundersamt på Jimmy.
- Vart fan är vi och vart fan tar du mig?
Ska du våldta mig eller? Sa Jacob.
Precis innan Jimmy ska svara fick
han syn på ett övergivet hus.

- Ja! Perfekt! Skriker Jimmy istället
och tar tag i sin onyktra vän.
Han drar bort honom till huset.
Han placerade Jacob vid ingången
till huset och tog sedan ett varv runt
huset för att säkerställa att det
verkligen var övergivet.

Han gick fram till dörren där Jacob
stod och kollade om det var olåst
men det var det inte. Han pekade på
dörren med ett leende och bad
Jacob att sparka in dörren.
Jacob rättade till sig och backade ett
steg. Han tog i allt vad han kunde
och sparkade på dörren.

Jacobs spark var så pass stark att han inte lyckades sparka in dörren utan gjorde endast ett hål. Hela hans ben följde med in genom hålet. Han tappade balansen och ramlade halvt in. Han slog i sin penis på hålets kant. Han skrek av smärta *"aj aj aj"* samtidigt som han höll i sitt skrev.

Han fann sin situation väldigt obehaglig. Han viftade med både armar och ben. Han lyckas förstöra dörren helt. Jimmy tyckte att hela den scenen bara såg klumpig och rolig ut. Han småskrattade bara och tittade på sin onyktra kompis.

- Tycker du det här roligt eller din jävla husbög!? Frågade Jacob samtidigt som han ställde sig upp.
- Nej absolut inte svarade Jimmy med ett litet leende kvar.

Båda tittade sig omkring en kort stund.

- Jag tror inte att Morran och Tobias är hemma, vad gör vi här? Frågade Jacob.
Jimmy svarade snabbt och bestämt med en stor nyfikenhet i ton och kroppsspråk.
- Ja, du är ju fan hur jävla stark som helst så nu får du visa vad du går för, sa han.
Jimmy fortsatte att prata.
- Förstör det här huset. Jag tror inte att någon kommer att märka någonting nu när vi är ute mitt ute i ingenstans, det här huset verkar ändå övergivet, sa han.
- Ja men jag har fan inga vapen, hur ska jag förstöra det här? Svarade Jacob.

Jimmy blev lite irriterad och tog ett steg mot Jacob. Han tog tag i hans händer och tryckte upp dem mot hans ansikte.
- Det här är dina vapen! Sa Jimmy.

Jacob kollade fundersamt på sina händer och började sedan slå sig omkring.
Jimmy njöt av att se honom slå sig omkring för det visade sig att hans önskan om att bli superstark blev sann.
Jacob blev mer livlig för varje sekund som gick och han började använda sina ben för att sparka runt. Han började även att hoppa runt i huset som en groda.
Han tog självklart skada under den här perioden som han "lekte runt" men han stördes inte av det eftersom han ändå läkte på nolltid.
Han njöt för fullt med att förstöra huset.
Efter ett litet tag började Jimmy inse att det började gå överstyr och att huset snart skulle jämnas med marken.

Han bad honom sluta och sa att det räckte.

Jacob hörde inget eftersom huset
höll på att rasa och ljudet lät högre
än Jimmys röst.
Jimmy gav upp sitt försök med att
lugna ner honom.
Han insåg att han skulle skadas
rejält om han stod kvar i huset. Han
sprang ut och ställde sig på ett
säkert avstånd på gården och tittade
därifrån på, medan Jacob hade "sitt
roliga".
Precis som Jimmy trodde rasade
hela huset efter ett tag.
Han såg inte Jacob någonstans, han
ropade hans namn några gånger
utan att få något svar.
Han sprang mot det som var kvar av
huset och fortsatte att ropa efter
Jacob där.
Sedan hörde han någonting som lät
som ett skratt, han gick mot ljudet
och då såg han Jacob klättra upp
från spillrorna som fanns kvar av
huset.

- Shit, det här var fan roligt, ropade
Jacob.

Jimmy tog tag och hjälpte honom att ställa sig upp.
Det hade vart en ljus och varm sommardag men solen började att gå ner och det blev kallt.

Grabbarna började att avrunda dagen.
De byter telefonnummer och Jimmy skickade över en miljon kronor till Jacob som en fin liten gåva.
Båda lovade varandra att vara försiktiga i fortsättningen med både Jimmys pengar och Jacobs krafter för att dem inte skulle hamna i problem.

De skiljdes åt vid tunnelbanan, Jimmy skulle norrut och Jacob skulle söderut.
Jacob vinglade sig fram och lyckades att ta sig hem.
Han stod vid sin ytterdörr och ansträngde sig väldigt mycket för att få fram sina nycklar för att låsa upp dörren.

Han lyckades tillslut att ta sig in men att ta av sig ytterkläderna och skor kändes tungt då han inte var i sitt sinnesfulla bruk.
Han började med sina skor och tappade balansen.
Han ramlade.
Han blev ångestfylld och var på gränsen till att gråta medan han låg vid hallen.
Han försökte få av sig sina skor.
Styrka och odödlighet i all ära, men han ångrade sig att han hade önskat att han är onykter.

Tillslut lyckades han att få av sig sina skor, sina byxor och sin vänstra strumpa.
Han lyckades att ställa sig upp. Han gick bort till vardagsrummet där han spenderade mestadels av sin tid då han hade en väldigt stor soffa och tv där.
Även nära till kylskåpet där han brukade förvara sin öl.

I sin färd från hallen till
vardagsrummet kissade han på sig
utan att märka det.
Han satte sig på sin soffa med sin
smala ytterjacka som han har glömt
att ta av. Inga byxor, den högra
strumpan som var kvar och
kalsonger.

Han såg sig omkring och samlade
sig lite.
Han fick syn på en oöppnad ölburk
framför sig.
Han tittade på den i ett par sekunder
och sedan sträckte han ut handen
mot den. Handen stannade ungefär
tio centimeter ifrån burken och han
kom att tänka på vad hans exflickvän
sagt nyligen.
Innan hon lämnade honom.

Han bestämde sig för att rycka upp
sig och ta tag i sitt liv från och med
nu.
Han tog tag i burken med en arg
blick och kastade den mot väggen.

Burken exploderade och skvätte på honom. Han märkte inte av det och han la sig ner och somnade på soffan.

Det gick ett par veckor sedan Jacob och Jimmy träffades. Jimmy levde ett lyxliv med sina pengar medan Jacob inte gjorde någonting speciellt, han satt på en parkbänk en varm solig dag i humlegården. Han åt ur en stor chipspåse tillsammans med en två liters colaflaska.

Han lärde sig att han blev mindre onykter om han åt och drack, Han tillbringade mestadels av dagarna med att sitta på parkbänkar och kolla på folk som passerade förbi.

Det kom en gubbe med en söt liten hund som passerade förbi honom. Han fick syn på hunden och fylldes utav glädje.

Jacob ville få kontakt med hunden, han tog upp en chipsbit och sträckte den mot hunden.

Jacob pratade med hunden med en barnslig röst.
- titta fiiiiin vovve, hej på dig, vill vovve äta chips? Sa han.

Gubben slet bort hunden innan den hann lukta på chipsbiten, sedan gick de hastigt vidare.
Jacob blev lite ledsen av att han inte fick kontakt med någon och han mumlade lätt för sig själv.
- Alla bara lämnar mig. Jag får inte ens kontakt med en hund, sa han.

Linnea:
Linnéa körde väldigt snabbt på Stockholms gator, helt hysteriskt och gråtandes.
Hon bröt mot alla trafikregler i hopp om att hon skulle fly från sin mans män, de körde efter henne i samma tempo.

Männens bil krockade in i Linnéas bil bakifrån, hon tappade kontrollen och körde av vägen.

Bilen körde in i parkbänken som Jacob satt på, han flög iväg tio meter.
Linnéa blev medvetslös av krocken. Fem män klädda i fina svarta kostymer gick ut från bilen bakom hennes och alla var livrädda att dem hade dödat eller skadat chefens fru.

De gick fram till hennes bil och kollade hennes puls.
De försökte väcka henne till liv utan framgång.
Jacob vaknade till och såg att hans chips och cola hade spillts ut.
Han fick syn på männen som höll på att bära ut Linnéa från den rykande bilen.
Han insåg att det var dem som hade orsakat krocken.
Han bestämde sig för att gå och konfrontera dem. Han krävde en ursäkt.

Männen var upptagna med att bära ut Linnéa, dem märkte inte av att Jacob närmade sig.

Han knackade på ena mannens axel och försökte att få hans uppmärksamhet. Mannen vände sig om och bad Jacob att dra åt helvete. Jacob kollade sig omkring och såg att de bar ut Linnéa, dem var på väg att lägga in henne i bilens bagageutrymme på deras bil.

Han tolkade det som att männen försökte att kidnappa henne eftersom hon var skadad och medvetslös.
- Vad fan håller ni på med? Hon är ju skadad och behöver vård, sa Jacob. Han tog upp sin telefon och frågade ifall de kunde numret till 112. Han hade själv glömt då han var för berusad.

Då blev en av männen arg på Jacob och tog fram sin pistol. Han riktar

pistolen mot honom och säger att
han ska lägga undan telefonen.
Jacob kände sig själv inte det minsta
hotad utan höjde rösten.

- Fuck you jävla pistolfitta! Du ser ut
som en pensionerad belgisk
djurrporrs regissör! skrek Jacob.

Då fick han nog av Jacob och blev
riktigt arg.
Han sköt honom rätt på bröstkorgen.
Jacob återhämtade sig snabbt men
blev riktigt arg.
Han tog sin telefon och kastade den
på mannens ansikte.
Kastet var så pass hårt att telefonen
fastnade på mannen ansikte.
Det sprutade blod från ansiktet och
han föll ner och dog.

De andra fyra männen hamnade i
chock.
De slängde in Linnéa i bagaget och
stängde luckan.
Sedan gick de till attack mot Jacob.
Jacob var oerfaren när det kom till
bråk och slagsmål.

Dessutom var han onykter och blev
då väldigt klumpig i sina rörelser.

Han örfilade en av männen hårt,
tillräckligt hårt för att huvudet skulle
flya av.
De andra tre blev rädda, dem
försökte sätta sig i bilen och fly för
sina liv.
Jacob lyckades få tag i en av dem
och kramade om honom bakifrån.
Han öppnar famnen och mannen
slits itu i mitten.

Ena mannen lyckades öppna dörren
till passagerarsidan och skulle precis
sätta sig i bilen. Då sträckte Jacob
sig mot honom och fick grepp om
hans överdel på kostymen.

Jacob försökte kasta bort honom
men han lyckades
bara att slita av hans kläder.
Mannen stod där med bar överkropp.
Jacob tyckte att mannen såg rolig ut
med bar överkropp. Han skrattade

hysteriskt och tog sedan ett nytt
grepp.
- Nu är det dags att flyga med Jacob
Airlines, sa Jacob och kastade iväg
honom med all kraft han hade.

Han flög hela vägen bort till
Eskilstuna och landade på Pinpoint.
Ett 22 meters långt konstverk som
var formad som en nål och pekade
mot himlen.
Han penetrerades av den och
fastnade på botten av konstverket.

Den sista överlevaren satt i
förarstolen och var livrädd.
Han försökte att starta bilen utan
framgång.
Jacob gick bort till honom och slet
bort dörren.
Mannen var rädd och bad desperat
om nåd.
Då lugnade Jacob ner sig och sa åt
honom att sticka därifrån.

Zoran, som mannen hette klev ut ur
bilen och gick en bit bort.

Jacob kom att tänka på kvinnan som männen la i bagageutrymmet.
Han gick bort dit för att titta till henne.
Han fick syn på Linnéa som låg där medvetslös.
Tanken slog då honom att köra till ett sjukhus.
Han hoppade in i bilen och satte i växeln.
Han vred huvudet bakåt för att backa ut men hade i fel växel, han åkte istället framåt och krockade in i ett träd så att airbagen utlöste sig.

Han fann händelsen rolig och skrattade hysteriskt åt sig själv.
Han rättade till sitt fel och åkte iväg.
Zoran fick ett samtal av sin storebror Goran.
Goran frågade sin lillebror vad fan de sysslade med och varför det tog sån jävla tid att ta fast Linnéa. Han undrade även när de skulle ta tillbaka henne.

- Bror, jag kan inte förklara det här
men jag förklarar snart när vi ses,
svarade Zoran och la på luren.
Han fick syn på Jacobs telefon som
satt fast på sin kompis ansikte och
stack ut.
Han gick fram till sin döda kompis
och slet bort telefonen. Därefter gick
han iväg.

Under tiden hade Jacob kört till
Södersjukhusets parkering.
Han parkerade på en handikapps
plats, på bredden. Han tog upp två
platser.
Han var rädd för att få böter, han
letade efter en p-skiva och hittade en
tillslut.

Utan att ställa in tiden på skivan la
han den vid framrutan med skivan
neråt för att tiden inte skulle synas.
Han klev sedan ut ur bilen och gick
till bakluckan. Han öppnade upp
luckan.
Han såg Linnéa ligga där
medvetslös.

Han gav henne en lätt klapp på kinden, hon vaknade till liv igen. Hon undrade vad som hade hänt och vart dem var någonstans, samtidigt som hon klev upp från bagageluckan.

Han förklarade vad som hade hänt och vart de var. Hon tänkte ett litet tag och kom på att hon råkade köra på honom med en hög hastighet.

Hon funderade på hur fan han kunde stå upp helt oskadd efter en sådan smäll och vad som hände efteråt. Han berättade allt som hade hänt på Humlegården men på ett väldigt obegripligt sätt.
Hon skakade på huvudet och utstrålade en "vad fan snackar han om" blick.

Han kom på varför de är där, han tog tag i hennes hand.
- Kom, du ska få vård, sa han.

Hon ville inte och svarade nej.

Jacob skämtade bort det den
konstiga situationen.
- Jo om vi har tur så kanske Dr.Dre
jobbar, sa han skämtsamt.
- Nej! Jag mår bra, sa Linnéa och drog
sig tillbaka.
Hon berättar att hon var rädd för att
Goran skulle hitta henne, vart hon än
gick.
- Vem fan är Goran? Frågade Jacob.
Han bad henne att förklara vem det
var hon flydde ifrån.
Hon stannade till och tog ett djupt
andetag, sedan andas hon ut.
Hon sträckte fram handen för att
hälsa.
- Vi börjar om. Jag heter Linnéa Frisk,
sa hon.

Han skrattade hysteriskt, han
tappade balansen och ramlade.
- Vad fan är det som är så roligt!?
Frågade hon förnärmat.
Samtidigt som han reste sig upp
förklarade han att det var ironisk att
hon hette just Frisk i efternamn, med

tanke på att hon precis hade vart
med om en olycka.

Han tyckte uppenbarligen inte att
hon var frisk. Han skakade hennes
hand och presenterade sig. Då
berättade hon i sin tur att det var
hennes man Goran som hon försökte
fly ifrån, eftersom han hade på
senare tid hade blivit en svartsjuk
farlig psykopat.
Hon hade flera gånger försökt att fly
ifrån honom utan att lyckas eftersom
hans lillebror alltid hittade henne.

Nu hade hon tagit sig loss från
honom, men hon visste inte vart hon
skulle ta vägen.
Då frågade hon honom om hon
kunde stanna hos honom ett par
dagar och vila tills hon visste vad
hon ska göra framöver.
Hon lät trött, ledsen och visade det
med sitt kroppsspråk.
Jacob blev jätteglad av att höra den
frågan och han gick med på
önskemålet, på ett villkor.

Det var att han skulle få köra bilen i fortsättningen eftersom han tyckte att hon var sämst på att köra bil. Hon svarade inte, utan båda satte sig i bilen och åkte iväg. Zoran gick hem till sin storebror Goran och gick upp för trapporna till övervåningen, där han satt i sitt arbetsrum.

Goran fick syn på honom och skrek rakt ut.

- Vad fan är det som har hänt? Vart är resten av grabbarna och vart är Linnéa!?

Han kollade noggrannare på Zoran och frågade honom varför han var skitig samt täckt med blod. Han svarade och förklarade allt som hade hänt.

Goran stannade till och såg fundersam ut.

- Vad fan är det du säger för någonting? Har du snortat stark senap igen? sa Goran.

Han svarade att han var fullt
medveten om vad han sa och förstod
själv att det lät helt obegripligt.
Han kunde inte förklara det som
hade hänt.
Då tappade Goran tålamodet och tog
tag om Zorans axlar.
- Vart fan är Linnéa!? skrek Goran.
Då kom Zoran på att han hade
Jacobs mobiltelefon, han tog fram
den.
- Det här är killens telefon, vi kanske
kan använda den för att hitta hem till
honom, sa Zoran försiktigt.
Under tiden hade Jacob kommit hem
med Linnéa.

De gick in i lägenheten, han bad
henne gå in i vardagsrummet och
vänta där.
Han gick och bytte om.
Båda var ganska skitiga, Jacob bytte
om till rena kläder.
Han var lite mer erfaren med livet
som onykter. Att byta kläder var lite
smidigare än första dagen. Han var
ungefär likadan men han var

fortfarande väldigt klumpig, allting
tog mer tid.

Han tog fram kalsonger, strumpor, t-
shirt och mjukisbyxor till sin gäst.
Han gick och gav kläderna till henne.
- Här är rena kläder, jag hoppas att de
passar. Jag ska köpa pizzarulle till
oss, så du kan använda duschen
under tiden om du vill.
Hon tittade förvirrat på honom och
frågade vad fan en pizzarulle var.
Han svarade med ett leende och sa
att hon fick vänta för att se.

Han gick bort till sitt skrivbord och
öppnade en lucka. Där hade han en
massa billiga telefoner. Han tog ut en
och dubbelkollade att den hade
batteri.
Han såg att skärmen lyste, han gick
till hallen och satte på sig skorna.
Han sa till Linnéa att han skulle vara
tillbaka om en halvtimme, sedan gick
han ut.
Under tiden han gick och tog sig
vinglandes framåt lyckades han ta

fram telefonen och hitta sin enda kontakt Jimmy. Han ringde upp honom.

Jimmy svarade inte, samtalet gick direkt till röstbrevlådan.

- Hallå! Det är Jacob, det har hänt värsta grejerna så du får ringa mig så fort du hör det här, sa Jacob.

Pizzerian låg i samma byggnad, men några ingångar bort, Jacob var redan framme.

Goran testade sig fram med att försöka få liv i Jacobs telefon utan framsteg.

Den var så pass skadad att den inte ville starta upp.

- Fan! skrek Goran och la den på bordet bredvid sin egen telefon.

Han tog ett djupt andetag och blickade på båda telefonerna. Han fick en idé.

Han satte sig på stolen vid skrivbordet och började pilla på Jacobs telefon igen men den här gången tog han ut SIM-kortet. Han satte in den i hans telefon.

Han gick in bland kontakter på
telefonen och hittade en kontakt,
"Jimmy". Han ringde på telefonen
och Jimmy svarade.

Goran sa att han hade hittat en
telefon och undrade vem ägaren
var. Han undrade även ifall han
visste vart ägaren bodde.
Jimmy blev glad.
- Tack för att du ringer mig. Det här är
inte första gången han tappar bort
sin telefon eller har sönder den.
Jovisst, han heter Jacob och bor på
Nyvägen 18 i Huddinge, svarade
Jimmy.

Båda tackade och la på.
Goran ropade på Zoran, han kom in
till sin bror efter några sekunder.
Goran berättade att han hade
adressen till snubben som åkt iväg
med Linnéa. Han bad Zoran att
förbereda tio beväpnade män, de
skulle åka för att försöka hämta
tillbaka henne.

In i rummet kom även en liten flicka in, ungefär fem år gammal. Hon höll i en liten nallebjörn och frågade sin pappa vart hennes mamma var någonstans.
Goran svarade att hon ska gå och lägga sig, att dem skulle hämta hem henne under tiden hon sov.

Hemma hos Jacob hade Linnéa hunnit duscha och tagit på sig kläderna hon fick av Jacob.
De båda satt i vardagsrummet på soffan och skulle precis börja äta.
Han öppnade pizzakartongen, Hon kollade fundersamt på honom.
- Det här är ju en vanlig pizza! Ropade hon.
Han sa ingenting, utan han tog tag i pizzan och rullade istället ihop den till en rulle.
Han delade den i två och gav ena halvan till henne.
Hon förstod vad han menade och skakade på huvudet med ett leende.

Det blev tyst en stund och Linnéa
frågade hur det kom sig att han inte
hade tagit någon skada från krocken.
Hon frågade även hur han hade
lyckats att smita ifrån med henne
från Gorans män.

Jacob tänkte ett par sekunder och la
ner pizzarullen. Han såg lite ledsen
ut och började berätta.

- Jag blev dumpad för ett par veckor
sedan för att hon tyckte att jag inte
gjorde någonting med mitt liv. Sen
gick jag ut på krogen för att dränka
mina sorger. Då träffade jag en kille
och vi tänkte vad vi skulle önska oss
om vi fick chansen för att göra livet
mer bekvämt. Han önskade sig en
miljard kronor och jag önskade mig
att vara stark, odödlig och onykter
hela tiden. Nice att vara stark och
odödlig men jag vill fan inte vara
onykter längre. Jag vill göra
någonting bra med mina krafter nu
men det är jättesvårt när man är
onykter. Jag har testat att gå dit där
jag gjorde min önskan om att få bli

normal igen men det hände inget.
Min kompis önskade sig en miljard
så han lever livet och jag är fast så
här och jag vet inte vad jag ska göra
med mitt liv nu.

Jacob kunde inte hålla sina tårar
tillbaka, Linnéa skakade bara sitt
huvud och sa att det var det
dummaste hon hade hört i hela sitt
liv.
- Jag vet jag vet! skrek Jacob
Han fortsätter.
- Det som har hjälpt mitt tillstånd är att
jag försöker hålla mig glad hela tiden
och ha hög puls med koffein och så
jag har utvecklat en sjuk humor som
endast jag förstår mig på, sa han.

Linnéa tänkte till ett par sekunder
och gick sedan till hallen. Hon kom
tillbaka med en adrenalinspruta och
räckte den till honom.
Han undrade vad det var för
någonting.
Hon berättade att hon var
nötallergiker och att hon behövde

använda den ifall hon råkade få i sig nötter.
Hon sa att han kan få den och testa den om han ville. För att se om det livade upp honom.

Han försökte hålla sig för skratt men log väldigt stort. Hon undrade vad det var som verkade så jävla roligt.
- Är du allergisk mot nötkött också då? Frågade han och började skratta hysteriskt.
Linnéa skrattade med, hon tyckte att skämtet var lite lustigt.
Jacob fastnade med blicken på henne och de båda kollade på varandra ett par sekunder efter att dem hade skrattat klart.

Jacob fortsatte att äta sin mat och Linnéa fick syn på en påse djungelvrål. Hon sträckte sig efter den och tog en bit och äter. Sedan höll hon upp godispåsen mot honom och pekade på apan på påsen.
- Du vet, varje gång man tar en bit så måste man skrika som apan på

bilden, sa hon och vrålade mot honom så pass högt att han blev rädd.
Han tappade sin mat och ramlade ner från soffan.
Han förstod att hon skojade med honom, han småskrattade lite samtidigt som han ställde sig upp. Han slog sig ner på sin plats bredvid henne och frågade vad hennes historia var.

Hennes glada ansikte blev genast lite dystrare och hon berättade att hon försökte fly från sin psykopat till man.

- Min man Goran var en fin människa när vi först träffades men efter vi gifte oss och fick våran dotter har han blivit helt sjuk i huvudet. Han låter mig varken träffa mina vänner eller ha ett normalt liv. Han har blivit en farlig gangsterboss och han är väldigt svartsjuk av sig. Hans män följer efter mig vart jag än går och Jag orkar inte mer. Idag så lyckades Jag ta bilen och var på väg att hämta min dotter från dagis för att sedan fly men det gick ju inte så bra som du vet. Gorans jobbiga lillebror Zoran hittade mig halvvägs till dagiset och resten vet du ju vad som hände, sa hon.

Av allt hon precis berättade undrade han bara en sak.

- Har du en dotter? Frågade han.
- Ja, Alice heter hon, svarade hon och letade fram en bild på telefonen.
- Söt som sin mamma, sa han.

Hon la sedan undan telefonen och de fastnade med blicken igen. De delade tystnaden tillsammans. Han frågade vad hon hade för plan nu och ifall han kunde hjälpa till med någonting eftersom han ändå inte hade någonting för sig dessa tider.

Han hade i åtanke på vad hans ex sagt tidigare om att rycka upp sig och ta tag i sitt liv. Därför tänkte han att han borde göra en god gärning genom att hjälpa Linnéa med det

som behövdes för att hon skulle bli fri
från Goran.

Hon ryckte på axlarna och sa att hon
inte visste riktigt, men att hon
behövde få tag i Alice till att börja
med.
Han nickade förstående och reste sig
upp.
Han sa att han behövde gå på toa
först. Han fick syn på ett tomt
Pringles rör och tog upp den.

-   Fan det är ju härligt att umgås med
    dig, synd att vi inte har någon musik,
    sa han.
    Han tog tag röret och förde den mot
    munnen, sedan började han göra
    ifrån sig ett "musikljud" i ett par
    sekunder. Han slängde sedan bort
    den.

Han ställde sig framför
badrumsdörren, han bara stod där
och stirrade rakt fram.
Linnéa såg det från vardagsrummet
där hon satt.

- Vad gör du? Varför går du inte in?
  Frågade hon.
- Det är toalettkö, svarade han.
  Linnéa tänker på det Jacob sa och
  log.
- Det är ju bara vi här haha, sa hon.
  Han blev förvirrad av det hon precis
  sa och öppnade dörren. Han insåg
  att hon hade rätt.
  Han tittade på henne.
- Du är fan smart ju, sa han. Han gick
  in i badrummet och gjorde sitt.
  När han kom ut igen efter en stund
  såg han att hon höll sig om magen
  och såg ut att ha ont.

- Vad är det? frågade han av ren
  nyfikenhet.
- Det är min mensvärk, det skulle vara
  bra om jag hade bindor, sa hon.

  Jacob svarade väldigt snabbt med
  att han kunde gå ut igen och köpa
  det till henne.
  Hon tackade och la sig ner på soffan.

Jacob var klädd i mörkblåa jeans,
svart t-shirt och en vit hoodie med
dragkedja på.
Över tröjan hade han en tunn svart
sommarjacka.

Solen hade gått ner och Jacob tyckte
att det var lite kyligt. Han ville dra
igen sin jacka men han var helt borta
i huvudet, han kombinerar jackan
med tröjan.
Hans outfit var "svart/vit".
Han gick ut från lägenheten och var
på väg till livsmedelsbutiken som låg
ungefär vid pizzerian han besökte
tidigare idag.

Tvärs över gatan stod några bilar
parkerade med utsikt över Jacobs
lägenhet. Goran satt tillsammans
med Zoran i ena bilen, Zoran fick syn
på Jacob.
- Där är han! Det var han som åkte
iväg med Linnéa! Ropade Zoran.

Goran kollade förvirrat på både
Jacob och Zoran. Han undrade hur

45

en helt vanlig kille som inte ens
kunde gå rakt kunde komma undan
med Linnéa.
Goran vände sig mot sin lillebror.

- Det här är ju för fan en helt vanlig
jävla kille som är full! Driver du med
mig eller!? Skrek Goran.

Zoran sa ingenting utan blickade
skamset ner i golvet. Goran lugnade
ner sig.

- Jag är fan övertygad om att hon är i
lägenheten, Jag går upp till henne
och under tiden så får du ta hand om
den där killen, men ni får fan vara
diskreta! Sa Goran och slängde en
blick över Zoran samt grabbarna i
bilen.

Alla klev ut ur bilen samtidigt. Goran
var på väg till Jacobs lägenhet och
Zoran gick med de tio beväpnade
männen han hade med sig efter
Jacob.
Jacob vinglade sig fram och tog upp
sin telefon.

Han testade att ringa Jimmy på nytt.
Jimmy svarade inte utan det gick till
röstbrevlådan igen, men den här
gången lämnade Jacob inget
meddelande.
Han la på och stoppade ner
telefonen i fickan.

Goran hade lyckats att ta sin in i
porten och stod utanför Jacobs dörr.
Han plingade på och där inne låg
Linnéa som var förvirrad.
Hon mumlade för sig själv.
- Vad snabbt det gick, har han inga
nycklar? Sa hon.
Hon gick och öppnade dörren, men
blev helt skräckslagen när hon såg
Goran stå där.
Hon backade några steg.
- Nej, vad gör du här!? Hur hittade du
mig!? Ropade hon.

Han tog några små steg mot henne.
- Jag är här för att hämta hem dig! Sa
han med en bestämd röst. Han klev
in i lägenheten.

Jacob var nu framme vid butiken men var ovetandes om att han hade en massa män efter sig som ville mörda honom. Han gick in i butiken och när han kom in stannade han upp. Han kollade runt och visste inte vart han skulle gå.

Han fick syn på en anställd som höll på att fylla upp varor. Han gick fram till den anställde för att fråga vart bindorna fanns, men just då glömde han bort ordet "mens" och "binda". Hans sätt att fråga blev väldigt otydligt, han lyckades att få fram en fråga med mycket kroppsspråk. Han visade lite osäkerhet när han försökte att få fram det han ville ha sagt.

- Du vet när ni kvinnor har…. specialpapper där nere. När ni har…du vet…. FITTA MED BLOD!!!!! Skrek han ut tillslut.
Han blev frustrerad på sig själv för att ha glömt bort dem rätta orden för att beskriva vad han vill ha.

Den stackars unga tjejen som precis hade fått äran att bevittna otroligt dålig beskrivning av vad hennes kund ville ha svarar hon med en osäker ton.

- Du menar bindor för när man har mens? Sa hon försiktigt.
- Ja precis! Svarade han.

Hon bad honom att följa med och de gick en bit bort.
De gick till en vägg med hyllor där produkten han sökte fanns.
Tjejen pekade på väggen och gick sedan iväg.
Han tittade på hyllorna och insåg snabbt att han inte hade den blekaste aning om vilket märke han skulle köpa. Det fanns hur många varianter som helst att välja på.

Under tiden hemma hos Jacob satt Goran och Linnéa i soffan. De pratade lite.
Goran lovade att han skulle bli en bättre man och pappa. För att det

skulle hända behövde hon följa med hem.
Samtidigt parallellt med det stod Jacob fortfarande kvar i butiken och hade ingen aning om vilken förpackning han skulle köpa.

Han tog upp flera varianter för närmare inspektion och jämförelse. Zoran och grabbarna väntade utanför butiken och tittade in. Zoran gav klartecken för killarna att gå in och döda Jacob. Eftersom han visste vad Jacob var kapabel till väntade han själv utanför, för säkerhetsskull och observerade situationen på avstånd. Han var rädd för honom.

Männen gick in i butiken och spred ut sig för att hitta honom snabbare. Tre av grabbarna fick syn på honom.
- Vi har hittat honom! Ropade de. Jacob hörde detta men han uppfattade inte riktigt vad som hände.

Han stod bara kvar där som ett frågetecken.
Alla grabbar samlades runtomkring Jacob och förberedde sina vapen.

Precis innan de skulle skjuta blev Jacob rädd och skrek högt i falsett.
De började sedan avfyra sina vapen mot honom.
Alla tömde sina magasin på honom och Jacob låg på golvet medvetslös.
Kunderna och de anställda sprang ut i panik.
Zoran blev nyfiken på vad fan som hänt där inne, han gick in väldigt försiktigt för att se efter.

Männen blev nyfikna på om Jacob verkligen var död, de närmade sig honom väldigt försiktigt.
Efter ett par sekunder reste sig Jacob upp och männen blev helt förvirrade.
De pratade med varandra och sa meningar som: *Hur fan är det möjligt!?, Hur kan han inte vara*

död!?, Vem fan är han!?, Vi har inga
mer skott! Vad ska vi göra!?

Jacob hade nu ställt sig upp och såg
väldigt arg ut. Han stirrade på
männen med en arg blick och tog ett
paket bindor.
- FITTA MED BLOD! Skrek han och
kastade sedan paketet mot killarna.
Det flög som en raket och träffade en
av männen i ansiktet. Hans huvud
exploderar.

Därefter blev det ett stort bråk inne i
butiken. Männen attackerade Jacob i
närstrid med varor som de hittade till
höger och vänster i butiken.
De tog allt som kunde tänkas
användas som vapen. Jacob gjorde
samma sak samtidigt som han
försökte fly undan.
Han kunde knappt ta sig undan,
endast ta några steg innan han blev
påhoppad igen.

Han blev ständigt mött av fiender i
butiken och han försvarade sig allt

vad han kunde. Hans
överlevnadsinstinkt slog till och med
tanke på att han var odödlig gick det
bra.
Det var hans onyktra tillstånd som
gjorde honom väldigt klumpig.
Han lyckades döda varje man som
kom emot honom i butiken och det
blev blodigt överallt.
Efter att han kämpat sig igenom alla
han mött på stod han andfådd och
samlade sig ett par sekunder.
Han kom på varför han var där.
Han gick tillbaka till hyllorna där
bindorna fanns och tog ett paket.
Han gick sedan bort därifrån.
På vägen ut mötte han på Zoran,
han stannade till. Zoran såg helt
skräckslagen och stod stilla.

Jacob kollade på honom och kände
igen honom från tidigare men kunde
inte placera honom riktigt.
Han hälsade bara och gick hem med
bindorna.

Under tiden hemma hos Jacob
pågick tjafsset mellan Goran och
Linnéa.
Han lovade gång på gång att han att
han ska bli en bättre människa. Hon
blev trött på att höra samma skit om
och om igen.

Han reste sig upp och tog tag i
hennes arm.
- Du ska följa med mig vare sig du vill
eller inte, sa han.
Han drog upp henne och försökte
dra ut henne från lägenheten.
Precis i samma ögonblick öppnades
dörren och Jacob kom in helt skitig.
Han hade blod över hela sig.

Goran stannade upp och kollade på
honom, de fick ögonkontakt.
Jacob höll upp bindorna.
- Jag hittade fitta med blod, sa han
allvarligt.
Zoran rusade in i lägenheten,
stressad och andfådd.

- Goran, vi kan inte stanna här.
Polisen är på väg, kom vi går nu!
Ropade Zoran.
Jacob reagerade på Gorans namn
och vände sig mot Goran. Han log
vänligt.
- Du måste vara Linnéas
problematiska man, snälla kan du
lämna henne ifred tack, hon vill inte
vara med dig, sa Jacob.
Goran blev rasande och tog fram sin
pistol. Han tömde sitt magasin med
tio skott på Jacob tills han
kollapsade.

Linnéa blev rädd och låste in sig i
badrummet.
Det började höras sirener i
bakgrunden.
Goran bankade och slog hårt på
badrumsdörren. Han skrek att hon
skulle öppna dörren.
Jacob hade öppnat ögonen och tog
ett djupt andetag samtidigt som han
försökte att ställa sig upp.

Zoran såg det och han började rycka
i sin storebror.
- Bror kolla! Sa han och pekade på
Jacob som höll på att ställa sig upp.
- Vi måste verkligen dra nu. Vi löser
det här sen men vi måste dra nu
innan polisen kommer, sa Zoran och
blev allt mer stressad.

Goran bankade en sista gång på
dörren och skrek rätt ut av
aggression. Han tog tag i sin lillebror
och dem båda sprang ut därifrån.
Jacob ställde sig upp och var helt
återhämtad. Han gick bort till
badrumsdörren och slet bort den.
Han fick syn på Linnéa som stod där
helt skräckslagen.
- Alltså jag var med om värsta bråket
precis och det låter som att polisen
kommer så vi måste dra, sa han.
Hon nickade och tog tag i Jacob.
Båda sprang ut från lägenheten.

Zoran körde därifrån med sin
storebror. Goran var arg och skrek ut
retoriska frågor som: *Vem fan är*

han!? Hur fan kan han fortfarande
leva efter tio skott!?

Zoran var lika chockad som sin
storebror.
- Bror, jag vet inte alltså. Det här är
det sjukaste jag har varit med om.
Han dödade alla grabbar i butiken
också, sa han och stirrade ut genom
fönstret.
Det blev en tystnad i bilen.
- Vänta jag vet! Sa han.
Han tog fram sin telefon och ringde
till Jimmy. *"Tjenare. Förlåt att jag*
ringer och stör igen men din kompis
är inte hemma och jag undrar om
Jag kan åka och lämna hans telefon
till dig istället?" frågade han.
"Självklart!" Svarade Jimmy. Goran
skrev ner adressen som Jimmy gav
och de la båda på.

- Åk mot Danderyd! Skrek Goran till
sin lillebror.
Under tiden gick Jacob och Linnéa
hastigt mot okänd destination. Eller
rättare sagt var det Linnéa som

gjorde det medan hennes onyktra vän vinglade sig fram i snigelfart några meter bakom henne. Jacob fick syn på en McDonalds restaurang.

- Linnéa snälla. Jag är jättetrött. Kan vi gå in här och vila lite tills vi vet vart vi ska gå? Frågade han.

Hon stannade till och väntade in honom.

Han släpar efter och andas ut.

- Okej, bra ide, sa hon.

De gick in och Jacob föreslog att de skulle ta varsin stor svart kaffe med tio sockerbitar.

För att "vakna till".

Hon tyckte att det var en bra ide, de ställde sig i kön till kassan.

Det blev deras tur efter ett litet tag och kassörskan välkomnade dem.

Hon frågade vad dem ville ha med ett stort leende.

Jacob var på skämthumör helt plötsligt och han undrade de hade en viss grej på menyn som de hade

förra veckan. Han undrar även om de har tagit bort den nu.
Kassörskan såg frågande ut och frågade var det var han menade.

- Honungsrostade delfintestiklar med baconlindad giraffklitta, sa han helt allvarligt.

Det uppstod en pinsam tystnad i ett par sekunder. Han kunde inte hålla sig längre och han exploderade i ett hysteriskt skrattanfall.
Han skrattade tills han tappade balansen och ramlade ner på golvet. Linnéa tyckte också att det var roligt men hon höll sig för munnen. Hon skrattade lite lätt medan kassörskan inte tyckte att det var ett dugg roligt. Hon kollade på de två skrattande kunderna och tyckte att dem var sjuka i huvudet.

Jacob lugnade ner sig och bad om ursäkt.
Han beställde två stora kaffe. Medan kassörskan la in beställningen drog

Jacob upp en hel näve full med tusenlappar ifrån fickan. Han frågade kassörskan hur mycket hon skulle ha. Både Linnéa och kassörskan kollade på honom. Linnéa bad Jacob lägga undan pengarna och att han skulle gå och sätta sig ner någonstans. Linnéa erbjöd sig att betala.

- Okej, sa han och försökte stoppa tillbaka sina pengar i fickan. Han misslyckas totalt, det låg en massa tusenlappar på restauranggolvet.

Han märkte ingenting, utan gick och satte sig ner vid ett ledigt bord. Linnéa plockade hastigt upp pengarna och la de i sin ficka. Hon tog de två kaffekopparna och gick sedan bort till Jacob. Hon ställde ner kopparna och höll upp hans pengar.

- Det här är dina pengar som du tappade nyss! Jag kan ha dem hos

mig för du kommer bara att tappa
bort dem annars, sa hon allvarligt.
Han nickade bara utan att säga
någonting.
Hon tog en liten klunk och kom på att
han hade glömt sockret. Han gick
iväg för att hämta det.
Hon observerade sin onyktra kompis
och släppte inte blicken. Hon tyckte
att han var väldigt snäll och rolig.
Lite klumpig men framförallt ville han
henne bara väl.

Efter att han tagit sitt socker fick han
syn på ett ställ med ballonger, han
stannade till och tänkte på hans nya
vän som han ville muntra upp.
Han tog en ballong och gick tillbaka
till bordet.
Han räckte över ballongen till Linnéa
med ett leende.
Hon blev glad över gesten, hon
tackade och tog emot ballongen.

Han satte sig ner framför henne,
hällde i sockret i kaffet och blandade
runt.

Efter att ha haft ögonkontakt i ett par
sekunder frågade han om hon ville
se honom nyktra till lite grann.
Han berättade att han hade kommit
på en grej som "boostar" honom ett
litet tag.

- Visst! Svarade hon och ryckte på
axlarna.
Då tog han det varma, söta kaffet
och drack upp det i ett svep.

Hon såg att han hade ont under tiden
han drack.

- Vad fan gör du!? Du kommer ju
bränna dig! Ropade hon.
Han ignorerade hennes varning och
fortsatte att dricka sitt kaffe.
Han ställde ner koppen och höll sig
om halsen. Man kunde se på honom
att han hade ont.
Hon skakade på huvudet och höjde
rösten.

- Seriöst vad fan gör du!? Du har ju
fan bränt munnen, halsen och
garanterat din magsäck, sa hon.

Han svarade inte, han väntade några
sekunder på att återställa sig helt
och hållet.
Efter några sekunder ser han genast
lite mer nykter ut.

Han öppnade upp sina ögon.
- Sådär ja, nu är jag återställd ett litet
tag, sa han.
Hon blev fascinerad och insåg vad
han menade med att han kan
återhämta sig ifrån alla sorters
skador. Han nickade.
- Ser du vad jag menar med att jag är
odödlig? Som sagt kan jag inte
förklara det men jag kan läka från allt
och anledningen till att jag svepte
kaffet är för att jag ska få en liten
koffeinkick som gör mig nykter ett
litet tag, sa han.
Jacob blev helt nykter av kaffet. Hon
insåg det efter att hon hade bevittnat
det i verkligheten, vad han verkligen
menade med sin odödlighet.

Han tog upp sin telefon och sa att han måste få tag i sin kompis Jimmy innan de skulle dra vidare. Han gör ett nytt försök med att ringa honom utan att få svar. Han la på samtalet efter några signaler. Hon hade blicken nere och såg ledsen ut. Han fångade upp sin kompis uppmärksamhet och gick ner på knä framför henne. Han la handen på hennes knä.

- Hur mår du Linnéa? Varför är du ledsen? Frågade han.
- Jag vet inte vad jag ska ta mig till och vad jag ska göra. Jag måste få tag i min dotter Alice. Hon lämnas på dagis klockan 9 och hämtas klockan 15 av Zoran eller någon annan av Gorans män varje dag, sa hon.

Jacob släppte inte sin blick från henne och han tog tag i hennes haka med sin högra hand lyfte upp hennes blick. De fick ögonkontakt.

- Linnéa. Jag har varit en värdelös människa i hela mitt liv och jag har

inte gjort någonting betydelsefullt alls
och det var därför Nathalie lämnade
mig. Att hon dumpade mig var som
ett uppvaknande för mig. Jag har
letat efter saker att göra med mitt liv
och efter några veckor träffade jag
dig. Just nu har jag ingenting för mig.
Jag är en arbetslös människa med
en miljardär till kompis. Jag är helt
ekonomisk oberoende. Han tog liten
paus och andas ett par sekunder.
Han återupptog ögonkontakten.

- Den här situationen är som ett
  tecken för mig, du har hamnat i min
  famn och jag kunde antingen kasta
  bort dig eller hjälpa dig från det här.
  Jag tänker fan hjälpa dig ifrån det
  här, fortsatte han.

Han reste sig upp och hade en
väldigt bestämd ton när han pratade,
kaffet hade gjort sitt och man kunde
se på honom hur han på några
sekunder blev sitt "normala onyktra"
tillstånd igen.

- Whoooouwww, sa han och vinglade till.

Han satte sig ner framför henne. Linnéa insåg att människan som hon hade framför sig verkligen var speciell och väldigt godhjärtad. Jacob ryckte på axlarna och såg väldigt hopplös ut.

- Min kompis svarar inte och jag vet inte vad vi ska göra just nu, sa han.

Hon såg lika hopplös.

- Det står still i mitt huvud med, men jag är så jävla uppe i varv och jag önskar nu att jag var lika onykter som du så jag kunde lugna ner mig lite och bara koppla av en liten stund och inte tänka på någonting, sa hon.

Jacob kollade på henne och log. Han pekade på utgången.

- Det ligger en nattklubb där borta, vi kan gå dit en sväng om du vill, sa han.

Hon tänkte efter en kort stund. Hon reste sig upp och tog tag i hans hand. Hon drog med honom ut från restaurangen.

- Vi måste göra rent efter oss, sa han
och menade på att dem behövde
slänga kaffekopparna efter sig.
- Nej skit i det! sa hon och de gick ut.
De närmade sig en nattklubb och
såg en lång kö.
Linnéa hade inget tålamod.
- Nej men skit samma, jag klarar mig,
sa hon.
- Nej, men fan kom nu. Jag sköter
snacket med vakten, sa han. Hon
tittade på honom från topp till tå och
undrade hur fan han skulle lyckas få
in dem utan att köa.
Speciellt när han är väldigt onykter.
När de närmade sig entrén fick
Jacob en ide och vände sig om till
Linnéa.
- Vart är mina pengar? Frågade han.
Hon tog fram näven med tusenlappar
och gav de till honom.

De trängde sig förbi kön och gick
fram till ordningsvakten.
Vakten tittade på de.
- Ni behöver först av allt ställa er
längst bak i kön och sen när det väl

är er tur ska ni visa ett giltigt
covidpass, sa vakten.
Samma sekund drog Jacob upp
näven med tusenlappar och drog av
en liten del av de.
Han gav de till vakten.
Det var ungefär 100 000 kr.
- Här har du våra covidpass. Vi har
gjort dos en miljon, sa han.

Utan att vänta på respons från
vakten drog Jacob med sig Linnéa in
i klubben.
Ordningsvakten var fortfarande
mållös och sa inte emot. Han blev
glad att han fick 100 000 kronor bara
för att låta dem gå in.
- Det är så här man gör om man vill
komma in någonstans, sa han.
Hon sa inget utan såg glad ut och
skakade på huvudet.
När de väl var inne på klubben var
det fullt pådrag, folk dansade och
hade kul.

Linnéa gick till baren med Jacob.
Bartendern frågade vad dem ville ha.

- En shotbricka tack, sa Jacob.
Linnéa sa att hon inte vill ha några
shots utan det räckte med en Vodka
Redbull.
- Det är bara till mig, sa han.
Hon visste att Jacob redan var full
och hörde inte riktigt vad han sa.
Hon stoppade beställningen.
- Nej vi ska inte ha några jävla shots.
En Vodka Redbull till mig och en
kaffe till honom, sa hon.

Bartendern nickade och ordnade
deras drinkar. Jacob drog upp
sedelbunten igen och drog av
ungefär 100 000 kr.
Hon såg det och hejdade honom
innan han hann betala.
- Nej du har spenderat tillräckligt! sa
hon och tog hans pengar igen.
Hon la de i fickan.

Jacob kände sig snurrig, dagen hade
vart intensiv.
Han var trött och pekade på en soffa.
- Drick du så går jag dit bort och sätter
mig. Kom när du vill och känner dig

nöjd, sa han. Han gick bort dit och
satte sig ner.
Han var väldigt beskyddande, han
släppte inte blicken från henne.
Han tittade på Linnéa och hur hon
drack upp snabbt.
Hon började röra sig med musiken
och koppla koppla av.
Låten "VEM E DU" av "PABI" kom
upp på högtalaren.

Hon tyckte om den och gick mot
dansgolvet.
Jacob kollade på henne hur hon njöt
av stunden och tänkte inte på sina
bekymmer.
Hon var i mitten av dansgolvet och
dansde för sig själv.
Många män runt omkring försökte
närma sig och dansa med henne
men hon nekade alla med sitt
kroppsspråk.

Efter ett par minuter fick hon
ögonkontakt med Jacob som satt en
bit från där hon stod och dansade.

Hon pekade på honom med sitt
pekfinger och bjöd in honom till
dansen.
Han ville ställa ifrån sig kaffekoppen
men missade bordet. Han tappade
den på golvet och den gick sönder
men han varken hörde eller såg det.
Han fortsatte att gå mot henne.

Eftersom Linnéa hade druckit upp sin
drink och hon inte hade hög tolerans
började hon känna hur alkoholen
påverkade henne.
Hon såg ut att må bra och tänkte inte
på sina problem längre.
Hon var avslappnad.
Jacob närmade sig henne och båda
stod mitt på dansgolvet.
Han rörde sig inte mycket utan stod
mest där och gungade lite lätt.
Hon var väldigt närgången med sin
dans och använde mycket beröring.

De dansade och njöt av stunden,
efter en stund tog en ordningsvakt
tag i Jacob.

- Det var du som hade sönder den där kaffekoppen va? Frågade vakten.

Jacob tänkte efter och kunde inte minnas en sådan händelse. Han ville få bort vakten och fortsätta dansa med Linnéa. Han bad om ursäkt till vakten vände sig om till Linnéa igen.

Vakten tittade på Jacob, hur vinglig han var och tyckte att han var för full. Han ville slänga ut honom och han greppade tag i Jacob.

- Du är för full för att vara här så jag måste tyvärr följa med dig ut, sa vakten.

Jacob tänkte till ett par sekunder och vände sig till Linnéa.

Han bad om sina pengar igen.

Hon förstod läget och ville inte göra en stor grej av det.

Hon greppade tag i honom.

- Det är lugnt, vi skulle ändå gå, sa hon till vakten. Hon drog med honom ut från klubben och de gick iväg.

De gick med varandra på
Stockholms gator.
- Vad heter dagiset Alice går på?
Frågade Jacob.
- Den heter Bamse och ligger i
Lidingö, varför undrar du? sa hon.
- Bra att veta, sa han.
Hon vinkade till en taxi och den
stannade bredvid dem.

Han undrade vart de skulle ta vägen
och hon sa att han fick se snart.
De satte sig i taxin och åkte iväg.

Under tiden hade Goran och Zoran
anlänt till Jimmys stora villa vid
Danderyd.
Goran fascineras av hur stort och
vackert hans hus var.
De plingade på och Jimmy öppnade
dörren, klädd i en mörklila
morgonrock. Han höll i ett
cigarettmunstycke.
- Är det du som är Jimmy!? Frågade
Goran.
- Ja, är det ni som har hittat Jacobs
telefon? Sa Jimmy. Direkt när Jimmy

frågade sin fråga slog Goran till
honom på käften.
Han ramlade ner på golvet.
- Vad fan gör du jävla idiot!? Vilka fan
är ni!? Skrek Jimmy.
De två bröderna gick in i huset och
stängde dörren efter sig.
Goran drog upp Jimmy och ställde
honom mot väggen.
- Jag är så jävla trött på din kompis!
Han har ställt till det rejält för mig. Nu
vill jag att du berättar allt du kan om
honom och hur fan han kan ställa sig
upp efter tio skott! Skrek Goran.
Under tiden hade Jacob och Linnéa
anlänt till sin destination.
Jacob somnade i taxin. Hon betalade
chauffören och tittade på Jacob ett
par sekunder. Hon tyckte att han var
som en liten unge.
Hon log och skakade på huvudet.

Hon ryckte tag i honom och bad
honom att vakna. Han vaknade till
och öppnade dörren.

Han försökte kliva ut men han hölls
tillbaka av bilbältet, vilket han inte
visste om.
Hon gick runt till hans sida och
lossnade på bältet. Först då kunde
han kliva ut.

- Hallå vi måste betala! Ge mig mina
pengar! sa han till henne.
Hon ryckte tag i honom igen och sa
att det redan var fixat.

Hon stannade upp med honom och
sa att de var framme hos hennes
föräldrar. Hon varnade för att det
kunde bli stelt för att de inte hade
haft kontakt på jättelänge.
På grund av att hon valde att gifta sig
med Goran och föräldrarna valde att
ta avstånd från henne.
- Okej, Jag sköter snacket, kom nu!
Sa han och gick mot dörren.
Hon följde efter.
- Nej! Du ska hålla käften ett tag nu.
Det här är ingen nattklubb, sa hon.

Han höll sitt pekfinger mot sina läppar och markerade med sitt kroppsspråk att han förstod. Han skulle hålla käften.

Hon plingade på och efter några sekunder öppnade Agneta dörren. Hon stannade upp ett tag för att bearbeta vem hon hade framför sig.

- Linnéa! sa hon och kramade om sin dotter.

Hon tittade hon på Jacob och räckte fram sin hand för att hälsa. De hälsade på varandra. Magnus skrek från huset.

- Agneta vem är det!? Ropade han.
- Det är Linnéa! Svarade Agneta.

Magnus kom springandes till dörren och kramade om sin dotter. Båda föräldrarna hade saknat sin dotter jättemycket, de kunde inte släppa blicken från henne. De tittade även onyktra gäst. Hennes pappa räckte fram handen till Jacob.

- Tjena. Magnus men du kan kalla mig
  för Magne, sa han.
  Jacob skakade hans hand.
- Jag heter Jacob men du kan kalla
  mig för Jacob, sa han med ett
  leende.
  Magnus bjöd in sina gäster och
  välkomnade in dem i
  vardagsrummet.
  Han gick in i köket.
- Slå er ner och gör er bekväma så
  fixar jag dricka. Vad vill ni ha för
  någonting? Kaffe? Te? Öl? Whisky?
  Frågade Magnus.
  Jacob satte sig ner bredvid Linnéa
  på soffan.
  Hon la sin hand på Jacobs ben.

- Nej! Ingen jävla alkohol för den här
  mannen! Kaffe blir bra! Sa Linnéa.
  Det fastnade någonting roligt i
  Jacobs tankar, han började
  småskratta för sig själv.
  Linnéa kollade på honom.
- vad fan det är nu som är så roligt?
  Frågade hon.

- Om man byter ut bokstäverna M och
  N i namnet Magnus så blir det
  Nagmus sa han och skrattade-
  Linnéa tyckte att det var lite
  småroligt.

Agneta tyckte inte det var ett dugg
roligt, utan satt där med en iskall
blick.
Magnus blev nyfiken, han tittade in
från köket och förstod ingenting av
det som hände där inne.
Han gick tillbaka och fortsatte han
med kaffet.
Agneta väntade tills ungdomarna
hade skrattat klart.
- Varför är ni här Linnéa? Frågade
  hon, samma sekund kom Magnus in
  med en bricka.
På den hade han fyra koppar kaffe.
Linnéa kollade på Jacob och var
smutsig.
Hon frågade sin pappa om han
kunde ge honom rena kläder och låta
honom ta en dusch. Hon skulle
berätta allt under tiden.

- Självklart! sa han och reste sig från bordet och bad Jacob följa med honom.

De gick upp på övervåningen och han visade honom vart badrummet låg samt gav honom rena kläder. Därefter gick han ner igen.

Under tiden hemma hos Jimmy förhörde Goran honom och han hade precis fått höra en helt absurd historia om hur deras önskan hade slagit till.

Jimmy bönade och bad om att de skulle låta honom vara ifred, han visste inte vart Jacob var.
Goran blev mer arg och slog till honom igen.
- Jag går ingenstans förrän du talar om vart Jacob är! Skrek han.
- Jag lovar att jag inte vet vart han är någonstans, dessutom har ni ju hans telefon så Jag kan ju omöjligt ringa till honom! Sa Jimmy
Jimmy andas några sekunder.

- Vänta, Jag ska kolla en grej, sa han.

Han tog upp sin telefon och började
bläddra i den och lyssnade på
ljudmeddelanden som han hade fått
under dagen från Jacob.
Han fylldes av hopp eftersom han
trodde att han kunde få tag i Jacob.
- Jag kom på att eftersom Jacob är
slarvig och tappar bort sina telefoner
hela tiden hade han sagt förut att
han hade köpt en massa billiga
telefoner med nya nummer i. Jag
glömde bort det och jag ser nu att
han har försökt att ringa mig men jag
svarade inte eftersom jag inte kände
igen numret men vi kan ringa honom
nu! Sa Jimmy hoppfullt.
Goran tar fram sin pistol och siktar
på Jimmy.
- Du ringer honom nu och tar reda på
vart fan är någonstans. Ha högtalare
på också! Sa Goran.

Jimmy var rädd om sitt liv, han
uppfyllde Gorans önskemål genom
att försöka ringa till Jacob.

Jacob hade precis kommit ut ur duschen och höll på att klä på sig. Han hade lyckats ta på sig det mesta men han hade inte tagit av sig hårnätet han hade på sitt huvud. Det skyddade hans hår på huvudet som var 5 mm långt.

Han såg att det var Jimmy som ringde, han svarade direkt och innan Jimmy hann säga någonting började Jacob prata direkt.

- Äntligen får man prata med dig din jävla muffins knullare. Varför har du inte svarat för!? Jag har fan ringt dig hela dagen! Ropade Jacob.
- Förlåt mig men telefonen har varit på ljudlöst men vad har hänt och vart är du!? Sa Jimmy.
- Jag berättar allt när vi ses. Jag orkar inte prata över telefon men jag är med en tjej och hon är allergisk mot nötkött. Vi är hemma hos hennes föräldrar. Jag kan inte adressen hit, sa Jacob.

Eftersom Jimmy hade högtalare på hörde Goran samtalet och han tänkte högt för sig själv "Raketvägen 37". Han tog tag i sin lillebror och de gick hastigt därifrån. De satte sig i bilen.

Eftersom Zoran hade sett vad Jacob var kapabel till blev han orolig.

- Hur fan ska vi få loss Linnéa därifrån? Du har ju sett vad Jacob är för person! Sa han.
- Håll käften! Jag löser det! Svarade Goran

De körde mot Linnéas föräldrar. Jimmy satt i sitt hem med ångest och tänkte på vad som precis hade hänt och vad han utsatte sin kompis för. Även de andras liv.

Han försökte ringa tillbaka till Jacob för att tala om att två farliga män var på väg dit och att han borde ta sig därifrån. För att inte utsätta någon annan för fara. Jacob såg att Jimmy ringde och när han skulle ta upp telefonen för att svara tappade han den ur sitt grepp.

Den ramlade på golvet och gick
sönder.
Jimmy kom till röstbrevlådan och la
han på.
- Fan! skrek Jimmy och reste sig upp.
Han började gå fram och tillbaka.
Han var under enorm stress, han
tänkte på att han hade svikit sin
kompis och även utsatt andra
människor för stor fara.

Han stannade upp och tänkte på
adressen som Goran nämnde högt.
Jimmy upprepade adressen.
- Raketvägen 37, sa han och sprang
iväg.
Jacob var nyduschad och hade satt
på sig rena kläder.
Han gick ner för trapporna och satte
sig bredvid Linnéa. Han kollade på
sin kaffekopp som var svart utan
socker och mjölk. Den hade även
hunnit bli iskall.

Han gjorde som han alltid brukade
och försökte att svepa ner hela

koppen men efter ett par klunkar
insåg han att den var iskall.
Dessutom utan mjölk och socker.
Han stannade till och stirrade på
koppen.
- Bläh! Den smakar fan som en
nordirländsk uteliggares rövhåla, sa
han.

Han tog ett andetag och fortsatte att
dricka upp hela koppen. När han var
klar ställde han undan den. Magnus
satt där som ett stort frågetecken.
- varför fortsätter du dricka om det nu
var så äckligt? Frågade Magnus.

Jacob hade inget rimligt svar och log
bara.
Agneta däremot påverkades inte det
minsta av Jacob och vad för
dumheter han hade för sig.
Hon hade sitt fulla fokus på sin
dotter, hon struntade fullständigt i
Jacob.
- Linnéa älskling! Självklart ska vi
hjälpa dig så gott vi kan genom det
här. Vi måste ta tag i det här så fort

som möjligt. Vi måste ringa polisen
och sedan ordna med en skilsmässa
för så här kan ni inte ha det. Du och
Alice får bo på vårt landställe i
Kristianstad tills allting har lugnat ner
sig, sa Agneta och reste sig upp.
Hon såg upprörd och ledsen ut.

Jacob hade jättesvårt att hänga med.
- Ursäkta men vems stad sa du?
Frågade Jacob.
Agneta ignorerade hans dumma
fråga.

- Kristianstad, svarade Magnus
istället.
Jacob försökte väldigt hårt med att
försöka få till uttalet men han
lyckades inte uttala mer
"Krsh...Kris...Krashstad."
Magnus förklarade att han fick tänka
att det lät som en persons stad och
att den personen hette Kristian.
Alltså Kristians-Stad.

Jacobs huvud gick på högvarv och han försökte att bearbeta den förklaringen han precis fått höra. Det var ingen framgång, han gav upp.

- Jaha! Varför uttalar man inte bara så som det skrivs? Frågade Jacob.

Magnus tyckte bara att hela diskussionen var rolig.

- Haha, Jag har ingen aning men det bara är så, svarade Magnus kort.

Jacob nöjde sig med svaret men satt och funderade för sig själv.

- Jaha hur fan uttalar man Karlstad då? Mumlade han.

Linnéa hörde det och smålog för sig själv.

Agneta såg trött ut och hostade till lätt.

- Nej hör ni, nu är jag trött och du Linnéa får sova i gästrummet. Du Jacob om du vill sova över får du sova här på soffan. Vi tar tag i det här imorgon i lugn och ro, sa hon och började gå mot köket med kopparna.

Plötsligt hördes det ett pistolskott
från hallen, det var Goran som sköt
på dörrlåset.
Både han och Zoran stormade in.
Goran riktade sin pistol mot Magnus
och Zoran sin pistol mot Agneta.
Goran tittade på Jacob.
- Du Jacob sitter fan still annars
skjuter vi! Skrek han.

Jacob tittade sig runt omkring och
bedömde att han borde lyda honom
innan någon skulle komma till skada.
Linnéa reste sig upp och skrek.
- Goran ditt jävla svin. släpp mina
föräldrar! Skrek hon.
- Håll käften och gå och sätt dig i
bilen! Skrek han tillbaka.
Hon insåg att hon inte hade något
val.
Hon bad om ursäkt till sina föräldrar
medan hon grät och slängde en blick
på Jacob.
De höll några sekunders
ögonkontakt.

Varken han eller hon sa någonting
men hon mimade ''*Bamse*'' med sina
läppar.
Hon gick och satte sig i bilen
gråtandes.
Jacob tittade på Goran med ett
väldigt neutralt kroppsspråk och
ansiktsuttryck.

- Du kommer inte att komma undan
  med det här din jävla
  schimpansknullare, sa han.
Goran kände sig inte hotad och
skrattade bara ondskefullt.
- Du ska låta oss åka härifrån nu och
  sedan så ska du låta oss att vara
  ifred. Förstår du det!? För annars så
  blir det konsekvenser för dessa
  människor. Du vet inte vart vi bor så
  du kommer ändå aldrig att hitta oss,
  sa Goran tillbaka.

Goran och Zoran backade samtidigt
som dem fortfarande siktade på
Linnéas föräldrar.
När de var i hallen vände de sig om
och sprang mot bilen och körde iväg.

När de körde iväg passerade de
Jimmy som var på väg dit Jacob var.
Han hann inte i tid för att varna dem.
Han parkerade vid huset och sprang
in.
Han såg Jacob sitta på soffan och
han var ledsen. Magnus och Agneta
stod upp några meter från Jacob och
kramade om varandra.
De var chockade över det som precis
hände.
Jacob var förvånad över att se
Jimmy, han undrade vad han gjorde
där och hur han kunde hitta honom.
Jimmy suckade ångestfyllt och
berättade att det var hans fel att
Goran hittade dit.
Han sa att han kunde förklara allt på
vägen.
Han bad Jacob att följa med honom
hem till sig. Jacob reste sig upp och
gick fram till Linnéas föräldrar. Han
försökte trösta dem.

- Jag ska göra allt jag kan för att få
  loss eran dotter och ert barnbarn.

Magnus log lite lätt med en hopplös min.
Han klappade Jacob på axeln.
- Jag tror inte att du kommer att lyckas men lycka till unge man, sa han.
- Grannarna har säkert hört pistolskotten och ringt till polisen, ni bör åka härifrån nu, sa Agneta.

Jimmy hörde sirenerna som började låta allt mer.
Han blev ivrig och drog med sig Jacob och körde därifrån.

Zoran körde bilen. Goran och Linnéa satt där bak. Hon grät tyst för sig själv och Goran hade lugnat ner sig lite.
Han försökte trösta henne och sa att allting skulle ordna sig. Han sa att de skulle att de skulle bli en lycklig familj igen.
- Snälla kan inte du bara låta mig och min dotter få vara ifred. Vi vill inte vara med dig längre! Skrek hon.
Han brusade upp.

- Alice är min dotter också och du tar fan inte henne ifrån mig, punkt slut! Sa han.

Hon hade inget svar utan satt bara där ledsen.

Under tiden i Jimmys bil hade han precis berättat vad som hade hänt och hur Goran kunde hitta dit. Jacob var besviken.

- Jag trodde att vi var vänner! Hur kunde du göra någonting sånt? Sa Jacob.

Jimmys bortförklaring var att han inte hade något val för att han var under pistolhot men att han visste att han har svikit honom.

- Har inte du precis träffat den här tjejen? Varför bryr du dig om henne så mycket? Vi kan gå till polisen och förklara läget och så får de ta hand om situationen, sa Jimmy.

Jacob tittade på honom.

- Jag har aldrig gjort någonting betydelsefullt med mitt liv och nu har jag en chans att göra någonting gott och jag ger mig inte förrän hon är fri

från honom. Har jag de här jävla
krafterna tänker jag inte slösa bort
det med att bara vara hemma. Jag
tog åt mig av allt mitt ex sa, att jag
måste rycka upp mig. Det är såhär
jag rycker upp mig, sa Jacob.

Jimmy skakade bara på huvudet och
fortsatte att köra. De kom hem till
honom och Jimmy sa att det var
jättesent. Han ville sova och att de
kunde ta tag i allt under
morgondagen, i lugn och ro.
Han pekade på soffan och sa att han
kunde få sova där om han ville.
Jacob svarade inte utan gick bort till
soffan och la sig där. Han satte på
tv:n.
Linnéa hade också kommit hem.
Hon gick in för att titta till Alice.
Hon möttes av barnvakten som hon
ignorerade,
hon fortsatte att gå till hennes rum.
Hon såg att Alice sov på sin säng,
hon gick försiktigt fram till henne och
pussade henne lätt på kinden.
Hon smög sedan ut från sovrummet.

Hon gick till vardagsrummet och la sig på soffan.

Hon satte på tv:n.

Goran insåg att hon inte ville sova med honom, han sa ingenting utan gick till sitt sovrum ensam.

Det blev en ny dag och Jimmy väcktes av ljudet till hög musik från nedervåningen.

Han undrade vad som pågick, han tog på sig sin mörklila morgonrock och gick mot ljudet.

När han gick ner från trapporna fick han syn på Jacob.

Han var klädd i endast kalsonger och en höger strumpa.

Han stod vid väggen i vardagsrummet och dansade till Idas sommarvisa i otakt.

Det var osammanhängande och med snabba rörelser.

Jimmy gick till ljudanläggningen och stängde av musiken.

Jacob vände sig om.

- Det är lugnt. Jag kan dansa utan musik, sa han.
Jimmy frågade varför han stod nästan naken och dansade klockan sex på morgonen. Jacob hade mycket energi medan han dansade vidare.
- Jag har under natten suttit och tänkt på hur jag ska rädda Linnéa och hennes dotter och dansandet är bara för att hålla igång adrenalinet så jag är mer nykter, sa han.

Jimmy tittade på sin kompis från topp till tå och undrade varför han nästan är naken.
- Det blir varmt när man dansar, men skit i det nu. Du ser helt patetisk ut så gå och klä på dig så ska vi ut för att hitta en adrenalinspruta, sa Jacob.
- Vad ska du med en adrenalinspruta? Frågade Jimmy.
- Jo! Linnéa är allergisk mot nötkött och hon har en sån och jag fick nyss en idé, sa Jacob

Jimmy skakade bara på huvudet och sa att han säkert kan fixa en sån. Han gick upp för att klä på sig. De båda vännerna satt i bilen och körde iväg. Jacob hade precis berättat sin plan och kunde fungera.

Han parkerade på en gata med butiker. Jimmy bad Jacob att vänta i bilen medan han skulle gå upp till sin langare för att köpa adrenalinsprutan. Jacob vinkade bort honom bara. Jimmy klev ut ur bilen och gick in i en port. Jacob var uttråkad och han ville nyktra till. Han försökte få igång musiken i bilen. Han tryckte på alla möjliga knappar på stereon och även alla knappar han kunde trycka på runt omkring. Han öppnade handskfacket och fällde ner spegeln. Han gjorde i princip allt förutom att trycka på strömknappen på stereon.

Han tänkte sedan högt för sig själv
Äsch! Jag kan dansa utan musik.
Han diggade med till musiken.

Efter några sekunder fick han syn på
någonting som fångade hans
uppmärksamhet.
Han stannade upp och tänkte efter.
Han log samtidigt som han öppnade
dörren och försökte stiga ut.
Han hålls tillbaka av bilbältet som
han hade glömt att lossa.
Han lossade den och går ut ur bilen.
Jimmy kom tillbaka till bilen, han såg
att passagerardörren var öppen och
att Jacob inte satt där.

Han blev blir orolig och tänkte högt
för sig själv *Vart fan är idioten
någonstans!?* Han tittade runt
omkring sig och får syn på honom.
Han gick ut från en butik, i handen
höll han en två meter lång nallebjörn.
Han skakade på huvudet samtidigt
som han tittade på honom gå med
nallen till bilen.

- Vad fan är den där till för!? Frågar Jimmy.

Jacob la nallen bak i bilen och satte på säkerhetsbältet på den.

- Den här är till Alice. Du är en konstig människa och den här ska hjälpa henne att bli mindre obekväm runt dig, svarade Jacob och stängde igen dörren.

Han satte sig fram på passagerarsidan och stängde efter sig.

Är jag konstig? Tänkte Jimmy högt för sig själv och satte sig i bilen.

De körde vidare.

De parkerade en bit från dagiset som Jacob trodde att Alice skulle dyka upp på.

De stod så att de harde utsikt över dagisets entré.

- Är du säker på att vi är på rätt dagis? Frågade Jimmy.

- Linnéa sa att dagiset som Alice går på heter Bamse och du har ju utforskat sa du ju. Det här var den enda i Stockholmstrakten som heter

Bamse. Om allting går som det ska så kommer hon att dyka upp här snart med Zoran. Det är så vi kommer att känna igen henne. Linnéa sa att hon lämnas här klockan 09:00, sa Jacob.

Jacob tittade på sina klockor som han hade på varsin handled. Jimmy kollade fundersamt på Jacob och frågade varför han hade två klockor. Han svarade med att det är bra hjärngympa för honom, för att han hade ställt in den ena så att den gick tolv timmar efter men att klockan var nio och att de borde dyka upp närsomhelst.

De båda satt och väntade. De såg folk lämna av sina barn men ingen Zoran och Alice än.
Jacob fick syn på en Pucko i mugghållaren och undrade om han fick dricka den.

Jimmy nickade Jacob tog upp den och skakade.

- Hörru! Så här låter det när bögarna i Nynäshamn pruttar, sa han. Han öppnade Puckoflaskan och locket gav ifrån sig ett klickljud när den öppndes. Jacob tycker det är roligt. Jimmy förstod sig inte på honom. Han höll för sitt ansikte och tyckte att hans kompis var hopplös.

Efter ett par minuter såg de att en stor nytvättad, svart, dyr och modern bil närma sig dagiset.
- Hörru! Det här är garanterat de, sa Jimmy. Jacob tittade och fick syn på Zoran i bilen.
- Okej! Spruta i mig! Ropade Jacob. Jimmy tog fram adrenalinsprutan.
- Fel ordval men okej hur gör man? Frågade Jimmy. Jacob berättade att han inte hade någon aning men de kan ju att göra som i filmen "Pulp Fiction" att han siktar sprutan på hans hjärta och slår in den.

Då slet han av sin t-shirt och blottade sin bröstkorg. Jimmy räknade ner från tre och högg honom med sprutan.
Jacob kände av effekten direkt och han nyktrade till.

- Aj! Fitta med blod! Skrek Jacob.
Zoran steg ut ur bilen och gick bak för att släppa ut Alice.
- Okej. Vänta här så kommer jag strax, sa Jacob.
Precis när han skulle gå ut ur bilen tog Jimmy tag i hans arm.
- Stäng för jackan vafan! Du kan inte gå runt och visa tuttarna vid ett dagisområde! Sa Jimmy.
- Bra ide! sa Jacob och drog för jackan.
Han gick ut ur bilen. Han gick mot Zoran som höll på att följa Alice till dagiset.

Zoran fick syn på Jacob, han stannade upp och stelnade till.
- Stå still och håll käften, sa Jacob.
Zoran nickade och gjorde som han sa.

Jacob gick ner på huk så att han hamnade på ungefär samma ögonhöjd som Alice.

Han log och räckte fram handen för att hälsa.

- Hejsan Alice, Jag heter Jacob och jag är din mammas kompis, sa Jacob.

Hon var blyg och sa ingenting, men hon räckte fram sin hand för att hälsa på honom.

Han pekade sedan på Jimmys bil och bad henne att gå dit och sätta sig i den bilen.

Hon blev osäker och tittade upp mot Zoran. Han nickade och sa att det var okej att hon gick dit.

Hon sprang bort till bilen och Jimmy hjälpte henne att sätta sig.

Jacob ställde sig upp och fokuserade på Zoran.

- Okej, såhär är det. Alice följer med mig och om du inte vill dö här och nu så talar du om för mig Gorans adress, sa Jacob.

Zoran blev livrädd och eftersom han visste vad Jacob var kapabel till fegade han ut.

- Asfaltsvägen 14, sa Zoran.
- Bra. Duktigt. Nu ska du vara snäll och säga till Goran att jag har Alice och att jag ska komma för att hämta Linnéa idag klockan 12:00. Så ni har tre timmar på er att förbereda er. Seså åk iväg nu, sa Jacob.

Zoran nickade och han gick hastigt till sin bil och körde iväg. Jacob vände sig om och började gå tillbaka till bilen men efter ett par steg stannade han till och stängde ögonen. Han vinglade till lite.

Han öppnade ögonen och tänkte högt *Jahapp, det var den sprutan det.*
Nu var han återställd till sitt onyktra tillstånd.
Han vinglade sig fram till bilen och satte sig på sin plats bredvid sin kompis. Han vände sig bak till Alice och pekade på nallebjörnen.

- Den där nallen är till dig. Han heter
  Ckhonrad med CKH, sa han.
  Jimmy startade bilen och körde iväg.
  Zoran åkte hem till sin storebror och
  berättade precis vad som har hänt
  och vad som skulle hända. Goran
  blev rasande, han slog till sin lillebror
  så hårt att han ramlade ner på
  golvet.
  Linnéa stod några meter från de och
  njöt av stunden. Hon kände att hon
  snart skulle bli befriad från sin
  problematiska man.
  Goran tittade på henne med en arg
  blick.

- Vafan är du så jävla glad över!? Han
  har våran dotter och snart kommer
  han hit! Skrek han.
  Hon skakade bara på huvudet och
  sa att det är kört för honom. Hon gick
  iväg. Goran var jättearg och jätterädd
  samtidigt.
  Han gick fram och tillbaka i rummet,
  sedan pekade han på Zoran.
- Samla alla män som du kan hitta och
  ta hit dem och se till att de är

beväpnade till tänderna också! Skrek
Goran.

Zoran nickade och gick hastigt
därifrån.
Goran gick och ställde sig framför ett
fönster och tittade ut.
Han tänkte högt *Okej din jävel. Snart
ska du fan dö.* Under tiden hemma
hos Jimmy satt Alice och Ckhonrad
på soffan, de tittade på tecknat.
Jacob och Jimmy var i köket. Jacob
satt i sin egen lilla värld och Jimmy
pratade i telefon.

Han la på luren och tittade på Jacob.
- Jag ska fixa världens jävla preparat
till dig så du kommer att klara ditt lilla
uppdrag galant. Jag fick nämligen en
idé efter att jag såg dig ta
adrenalinsprutan. Det var häftigt att
se dig klarvaken och onykter. Du
visste vad du höll på med. Därför
håller jag på att förbereda en grym
häxblandning till dig eftersom jag tror
inte att Linnéa kommer att vara själv
i det huset. Jag kanske har överdrivit

lite men du kommer nog att få en grym kick då jag inte tror att en överdos kan döda dig, sa Jimmy glatt utan att andas genom meningen.

Jacob ryckte på axlarna.

- Varför behöver jag en häxblandning? Frågade han.
- Du är stark och odödlig men du är också onykter så din motorik är seg och du tänker inte klart. Du måste vara i toppform om du ska ge dig på Goran och för att sedan ta Linnéa från honom, sa Jimmy.

Jacob gjorde "tummen upp" till Jimmy och sedan ställde han sig upp. Han gick och satte sig hos Alice och Ckhonrad.
Alice satt i det högra hörnet och Jacob i det vänstra. Han böjde sig fram för att få ögonkontakt med henne. Hon uppmärksammade honom tillslut och Jacob log mot henne. Hon ler tillbaka.

Hon frågade sedan vart hennes
mamma var. Jacob lyfte bort
Ckhonrad och bytte plats med nallen.
Han svarade henne att hon var med
hennes pappa men att han ska åka
för att hämta henne snart.
Hon blev lite upprörd.
- Men inte pappa! Skrek hon.
- Tycker du inte om din pappa?
Frågade han.
- Nej! Han är inte så snäll längre och
han gör så att mamma gråter och det
vill inte jag, sa hon.
Han la sin hand på hennes huvud
och smekte tröstande medhårs.
- Jag lovar att hämta din mamma snart
och efter det så behöver ni aldrig
mer behöva se honom igen, sa han.
Hon tittar på honom med sorgsna
ögon.
- Okej, sa hon och kollade in i tv:n.
Under tiden hemma hos Goran hade
Zoran lyckats samla ihop tjugo
beväpnade män och alla hade
samlats i Gorans arbetsrum.

Goran satt vid sitt skrivbord och tittade på männen. Han reste sig upp.

- Lyssna! Det här är mitt hem och snart kommer det att komma en snubbe som kommer att försöka döda mig och sedan ta min fru med sig och det kommer jag fan inte att tillåta. Erat jobb helt enkelt är att vara våra livvakter. Han är extremt farlig så tveka aldrig på att försöka döda honom så fort ni kan. Ni får betalt vid dagens slut och den som lyckas döda honom får en bonus på hundra lax. Ni får sprida ut er i huset och även runt om. Några av er får gå upp på taket också, sa han.

Han klappade händerna hetsigt.
- Kom igen gå och gör som jag säger! Ropade han.

Männen gick ut från rummet men Zoran stannade kvar och frågade sin bror om det verkligen var smart att vara hemma. Han tyckte att det vore

bättre om de bara åkte iväg bort
därifrån.
Goran blev arg.
- Jag tänker fan inte fly från en liten
horunge! Han ska dö här idag i mitt
hus! Gå istället och var med männen
och se till att de sprider ut sig
ordentligt! Sa Goran.
Han nickade och gick ut.
Goran gick till sovrummet, in till
Linnéa där hon låg på sängen och
tittade på tv.
De fick ögonkontakt och hon såg hur
nervös han var. Hon skakade på
huvudet och småskrattade lite.
Goran blev änuu mer arg.
- Vad fan är du glad över!? Sa han.
- Du förstår att det här inte kommer att
sluta bra för dig va? Sa hon.

Han svarade inte utan gick ut och
stängde dörren hårt efter sig. Under
tiden hemma hos Jimmy plingade
det på dörren.
Jimmy gick och öppnade och där
stod en man och kvinna. Mannen
räckte över en plastpåse till honom.

- Det var jävligt svårt att få ihop de här grejerna men jag lyckades, sa mannen.
Jimmy tog påsen och i sin tur gav han honom ett gäng tusenlappar. Mannen blickade ner i påsen och log. De stängde dörren efter sig och gick in i vardagsrummet.
Jimmy sa till Jacob att det var dags att dra.
Jacob ställde sig upp och tittade på Alice.
- Jag ska iväg för att hämta din mamma och du får vänta här med våra kompisar, sa han och pekade på Jimmys kompisar som skulle vara där en stund för att vara barnvakt.

Hon reste sig upp och sprang och kramade Jacob.
Snälla kom snabbt hit med min mamma! Sa hon Jacob log och la sin hand på hennes huvud.
- Okej, sa han.
Jacob och Jimmy åkte iväg till Gorans hus.

De parkerade en bit ifrån just för att inte bli upptäckta.
De kollade från bilen med utsikt över huset och såg att det kryllade av beväpnade män överallt.

- Okej vänta här så kommer jag med Linnéa snart, sa han.
Jimmy stoppade honom med att hålla fast i hans arm.
- Vänta! Du har ju inte fått preparatet än! Ropade han.
Han vände sig om och tog fram plastpåsen han fick tidigare.
- Koffein, Kokain och Adrenalin i ett överdrivet format, sa Jimmy
Han höll upp en liten genomskinlig flaska med en konstig vätska.
- Det här är en burk med koffeinpiller som har malts ner och blandats med vatten så först ska du svepa allt det här. Sedan ställer han ner flaskan och tar upp två tryckluftstuber med specialgjorda extra tjocka munstycken som innehåller tio gram kokain var, sa han.

Han stannade upp och fortsatte
förklara.

- Sen efter att du har druckit upp ska
du få en fet stark dos av ladd intryckt
i skallen. Jag ska tvinga in allt det
här på en sekund med hjälp av
tryckluft, sa han.

Han ställde ner tuberna och tog upp
två specialgjorda extra stora sprutor
med adrenalin som innehöll en
halvliter per spruta.

- Så avslutar vi med dessa två
adrenalinsprutor, sa Jimmy.
Jacob stannade upp och sa
ingenting men efter ett par sekunder
tog han eget initiativ.
Han sträckte sig och tog
"koffeindrickan".
Han svepte ner den och gav ifrån sig
ett ansiktsuttryck som kunde tolkas
som att det inte var gott.
Fy Fan! Det här smakar fan som
diarré som har kommit ut från en
taco ätande svettig chihuahua, vi
fortsätter. Kom igen! Sa Jacob.

Jimmy tog upp tryckluftstuber med kokain och körde in munstycket i näsan på honom. Han tryckte av den och tjugo gram kokain tvingades in i hans huvud på en sekund. Jacob stelnade till och satt still. Han stirrade bara rakt fram. Jimmy tog fram sprutorna och högg honom med båda sprutorna rakt in i hjärtat. Han tryckte in en liter adrenalin. Jacob satt fortfarande helt still, Jimmy örfilade honom på kinden för att se om han levde. Sedan klev Jacob ut ur bilen hastigt och poserade som en groda. Han siktade mot huset och flög sedan iväg mot huset som en raket. Han flög in genom dörren och kraschlandade mitt i vardagsrummet. Alla blev chockade men vakterna insåg att det var honom de skulle döda, alla började skjuta mot honom. Goran och Zoran hörde också kraschen, de sprang in för att kolla

vad det var som hände på
nedervåningen.

När de såg att det var Jacob som
hade kommit blev de rädda och
sprang tillbaka igen.
Jacob återställde sig snabbt efter
kraschen, han reste sig snabbt upp
och reagerade inte ens på alla kulor
som träffat honom överallt på
kroppen.
Han var väldigt hög.
Han fick syn på en stor naken staty
som skulle föreställa någon från det
gamla antika Grekland.
Han sprang fram till statyn och slet
av penisen.
Han kastade den på en av männens
ansikte, huvudet sprängdes.

Det hängde svärd på väggen som
dekoration. En av männen tog ett
svärd och sprang mot Jacob.
Han penetrerade honom bakifrån.
Jacob vände sig om och tog ut
svärdet.

Han bröt av den på mitten och högg
tillbaka med båda delarna av svärdet
i ansiktet nerifrån upp diagonalt.
Jacob bar sedan upp honom och
slängde kroppen på tre andra män
som stod vid en stor vit blank vägg.
Samtliga fyra kroppar krossades och
det blev en stor röd fläck på väggen.
Det blev som när insekter krossades
mot bilens vindruta.

Tio män omringade Jacob och sköt
från alla håll.
Han tog kraft och hoppade rakt upp.
Han gjorde hål genom taket där han
sedan landade.
Fem män som stod vakt där uppe
började skjuta.

Jacob gick fram till den som stod
närmast och puttade ner honom på
rygg.
Han sparkade mot underkäken,
huvudet flög bort med väldigt hög
fart.
Han använde den huvudlösa
kroppen som kastobjekt.

Han slet av armar och ben. Han
kastade de på dem resterande fyra
männen som stod på taket.
De flög åt höger och vänster.

Jacob tittade ner i hålet som han
kom upp ifrån och såg de
kvarstående tio männen kolla upp på
honom. Han hoppar ner och
kraschlandade på en av männen så
att han krossades.

Jacob reste sig upp och slet av den
krossade mannens armar som han
sedan använde som svärd. Han
lyckades hugga och döda fyra män
med armarna.
Fem män återstod, de hade fått slut
på både ammunition och idéer på
hur de skulle besegra Jacob.
De tittade på varandra och undrade
om de skulle fly eller inte.
Jacob fick syn på ett stort bord som
han tog upp och tog i allt vad han
hade.

Han slog männen med det, de far åt alla håll och krossades på väggarna i huset.

Jacob tittade aggressivt runt omkring sig, han var helt andfådd. Han ville se om någon var kvar men det var det inte. Han tittade upp mot övervåningen och gissade på att Linnéa var där någonstans. Han började gå dit. Halvvägs i trapporna höll han för sitt vänstra bröst. Det började rycka i honom och han ramlade ner på knä.

Preparatet som han hade fått av Jimmy hade slutat att fungera, han var nu tillbaka i sitt normala onyktra tillstånd.
Han reste sig upp och fortsatte att gå upp för trapporna samtidigt som han ropade på Linnéa.
Han fick syn på Zoran, han stod framför en dörr.
Han går fram till honom.

- Hörru! Jag är fan trött på att se dig
överallt så säg vart Linnéa är så låter
jag dig leva, sa Jacob.
Zoran tappade sig pistol av rädsla
och pekade på dörren som var
bakom honom.
- Vem är du egentligen? Frågade
Zoran.

Jacob tittade på honom precis innan
han skulle öppna dörren.
- Jag heter Jacob, men du kan få kalla
mig för Jacob, sa han.
Zoran sprang iväg. Jacob öppnade
dörren och fick syn på Goran som
stod och höll en pistol mot Linnéa.

Hon satt på sängkanten och grät.
Jacob stannade till och undrade hur
han skulle lösa situationen.
Goran la pistolen mot Linnéas
huvud.
- Stick härifrån och lämna oss ifred!
Jag dödar hellre henne än låter dig
få henne! Du kommer aldrig att få
henne! Skrek han.
Linnéa tittade på Jacob.

- Du är den enda här som får mig,
viskade hon mot Jacob.
Jacob tittade åt höger och vänster.

Precis till höger om honom på ett litet
bord fanns det en gul stressboll med
en "smiley" på. Jacob slängde ett
öga på den men gjorde ingenting.
Linnéa slog bort Gorans arm och han
hann inte reagera, han sköt ett hål i
väggen.
Jacob passade på att hastigt plocka
upp stressbollen och kastade den
mot Goran.
Han blev träffad mitt i bröstkorgen
hårt, Han flög bak och träffade
väggen.
Medan han tog sina sista andetag
riktade han pistolen mot Linnéa.
- Nej! Skrek Jacob. Han tog sats som
en groda och hoppade mot honom.
Hoppet var kraftigt nog att ta hål på
väggen.
De flög ut på andra sidan och föll ner
på gården.

Goran var i flera delar medan Jacob
höll på att återställa sig.
Jacob kollade på Gorans ansikte och
bekräftade att han var död.

Han kollade upp mot huset och kom
att tänka på Linnéa. Han hoppade
tillbaka in i rummet. Han började
prata med henne samtidigt som han
gick fram till henne.
- Så! Då är det över, kom så går vi, sa
han.
Han reagerade på att hon satt på
golvet med ryggen mot sängkanten
och höll om sin mage.
Jacob sa att det inte var läge att vila
nu och att de behövde dra innan
polisen skulle komma dit.

Hon tittade upp mot honom.
- Snälla. Ta hand om Alice, sa hon.
Hon släppte greppet om magen och
föll ner. Han insåg att hon blödde
från magen och att det måste ha vart
Goran som hade lyckats skjuta
precis innan han blev påhoppad.

Han gick snabbt fram, satte sig ner
bredvid henne och omfamnade
hennes medvetslösa kropp.
Han försökte att skaka henne till liv
samtidigt som han började gråta.
- Nej nej nej Linnéa snälla vakna,
snälla vakna, snälla lämna mig inte
du också. Du får ta hand om din
dotter själv. Vi ska ju åka till
Kristianstad och jag lovar att allting
kommer att bli bra. Jag lovar att
aldrig ge dig nötkött. Linnéa, Linnéa,
Linnéa! Skrek han.

Jacob misslyckades att väcka henne
till liv, han satt bara och grät
samtidigt som han smekte hennes
livlösa ansikte. Han kramade om
henne.
Jimmy sprang in i rummet och sa att
han hörde polissirener. De behövde
dra iväg.
Jacob fick en idé om att hans blod
kanske kunde ha en läkande effekt
på henne.

Han bet av en stor del av hans handled, det sprutade en stor mängd blod.

Han höll sin handled på hennes skottskada vid magen men efter några sekunder slutade det spruta blod.

Hans handled läktes igen. Han skakade om henne men såg inga tecken på liv, han kysste hennes panna och la ner henne. Han reste sig upp.

Jimmy drog ivrigt i honom och de båda sprang iväg. Efter en stund anlände polis, brandkår och ambulans.

De sökte igenom huset och tillslut kom de fram till Linnéa. De såg att hon låg i en stor blodpöl men de hittade ingen skada på kroppen. Polisen kontrollerade hennes puls och andning.

De pratade i deras komradio.

- Skicka vårdpersonal till stora sovrummet på andra våningen, vi har en överlevande. Då öppnade Linnéa

upp ögonen och tog ett stort
andetag.

© 2022, Taha Büyükavsar Förlag:
BoD – Books on Demand,
Stockholm, Sverige
Tryck: BoD – Books on Demand,
Norderstedt, Tyskland
ISBN: 978-91-8007-529-9